Escrito por
Andrew Jordan Nance

Ilustrado por
Olivia Holden

Traduzido por
Maíra Lot Micales

O rei descalço

Caminho Suave
edições

Muito tempo atrás, havia um jovem rei chamado Ricardo.

Em sua terra, as pessoas sempre andavam com os pés descalços.

O rei Ricardo era inteligente,
mas tinha uma distraída mente.

Estava sempre tropeçando
em tudo que ia encontrando.

Certo dia, ele saiu do palácio para dar uma volta sozinho.

Vendo no céu uns passarinhos, bateu o pé em uma pedra no caminho.

Ao chutar a pedra, deu um berro danado. “Ai!”

Voltou pulando pra casa com muita dor e assustado.

À noite, não conseguiu dormir direito. Na cama, ele rolava e revirava,
e a imagem daquela pedra infeliz a toda hora voltava.

Na manhã seguinte,
bolou um plano logo ao acordar.

Reuniu os seus ministros e disse:
“Tenho uma ideia que quero muito testar!”.

Os ministros ouviram cada palavra que o rei se pôs a falar.

Era uma proposta absurda. Eles não podiam acreditar.

“Bati meu pé quando estava caminhando.
Isso nunca mais pode acontecer!”, o rei seguiu contando.

“Ordeno que cubram com couro todo este reino.
Assim, os pés das pessoas ficarão inteiros!”

Os ministros ficaram pensativos e confusos, mas não viram alternativa.

Saíram atrás de casacos, cortinas, tapetes e todo retalho de couro que no reino havia.

O povo todo se uniu e trabalhou
por meses nesse projeto tremendo,
costurando com agulhas e barbantes
cada um daqueles remendos.

Então, desenrolaram o couro e cobriram toda a terra: as ladeiras, os campos, os penhascos e até a areia.

Os ministros supervisionaram a cobertura de cada rua e cada cantinho, na esperança de que essa solução deixasse o rei Ricardo tranquilo.

Enfim, o couro foi todo instalado e o rei ficou aliviado.
Mas sua tranquilidade já iria acabar: logo começou a ouvir o povo gritar.

Todas as pessoas do reino apareceram com reclamações:
a água da chuva não chegava mais nas plantações.

As plantas não recebiam mais a água para crescer,
tampouco havia flores nos campos para florescer.

O couro pelas ruas era muito, muito quente.
E quando estava molhado fazia escorregar toda aquela gente.

O jovem rei Ricardo sabia que
a situação precisava consertar.

Por isso, decidiu no meio da noite
seus ministros consultar.

Implorou que procurassem
resolver essa questão.

Uma sábia ministra tinha
na ponta da língua a solução.

Muito calma, ela falou: “Não faz sentido
cobrir com couro todo o nosso reino.

Não podemos controlar o tempo.
E a terra, muito menos”.

“Você é jovem, meu rei,
mas, desde o princípio dos tempos,
pessoas têm treinado a mente
para se concentrar no momento.”

“Em vez de tentar consertar
o que deixa você irritado,
treine sua mente para ser mais calmo,
presente e focado.”

"Com a prática, verá que pedras no caminho
ainda vai encontrar.

Porém, em vez de ficar bravo,
você vai gargalhar."

“Os desafios da vida jamais desaparecerão,
mas podemos ficar mais sábios a cada dia, aprendendo nossa lição.”

"Em vez de cobrir cada montanha e rua do nosso reino,
por que não cobrir só os pés com o couro que já temos?"

O jovem rei engasgou.
Os ministros ficaram com receio.

"Que ideia brilhante!", ele falou.
E assim os primeiros sapatos foram feitos.

FLORES
VENDEM-SE TAPETES DE COURO